Bob Robert

Le retour de Candy

Illustrations de Jeanne Bazin

Hachette

LES PERSONNAGES ET LE THÈME DE CE ROMAN
ONT ÉTÉ CRÉÉS PAR YUMIKO IGARASHI
ET KYOKO MIZUKI
DANS UN FEUILLETON TÉLÉVISÉ
DIFFUSÉ SUR ANTENNE 2
SOUS LE TITRE :

CANDY-CANDY

Hachette, 79, boulevard Saint-Germain, Paris, VIe

Chapitre 1

Infirmière en herbe...

« Docteur ! Ouvrez ! Vite, docteur ! »

La porte tourne enfin sur ses gonds, et l'épouse de l'unique médecin du village s'avance sur le seuil.

« Vite, madame ! Il faut que votre mari vienne au chevet de la petite Suzy Carson, elle a beaucoup de fièvre ! s'écrie Candy.

— Oui, madame. C'est urgent ! Ma sœur est très malade ! supplie Sam.

— Je ne me dérangerai jamais pour ce sauvage de Carson ! lance du fond du couloir le médecin, d'une voix rude, à l'adresse des enfants. Ce vieux fou n'a pas hésité à m'accuser de la mort de son épouse, à me traiter d'assassin, et Dieu sait si j'ai tenté l'impossible pour la sauver! Qu'il se débrouille, je ne veux plus entendre parler de lui!»

Là-dessus, il tourne les talons. Candy est stupéfaite devant tant de dureté et de rancune. Un médecin n'a-t-il pas le devoir de porter secours aux malades, quels qu'ils soient?

Devinant le désespoir des deux enfants, l'épouse du médecin se fait donner quelques détails sur la maladie de Suzy. Il s'agit certainement, déclare-t-elle bientôt, d'une rougeole. Aussi confie-t-elle quelques médicaments de première urgence à Candy, tout en lui faisant des recommandations pour soulager la malade.

A leur arrivée chez les Carson, Candy et Sam se précipitent dans la chambre de la fillette. Le père et le petit Jeff sont assis près du lit où repose l'enfant. Il tente vivement de repousser Candy, prétextant qu'il est capable de prendre soin de sa fille et qu'il n'a besoin de personne. Mais elle ne se laisse pas impressionner par les propos de M. Carson.

« Suzy a la rougeole ! Il faut absolument la soigner. Laissez-moi faire, j'ai déjà soigné des enfants atteints de cette maladie. Apportez-moi vite des serviettes sèches et du linge propre. Il me faudrait aussi une cuvette d'eau froide. »

Quand la malade est lavée et changée, on l'installe dans une chambre bien chauffée, et Candy reste à son chevet. Désarmé par tant de bonne volonté et tant d'efficacité, M. Carson consent enfin à prendre quelque repos. On l'entend ouvrir, puis refermer la lourde porte de la maison et faire quelques pas dans la cour. Sam et son petit frère Jeff s'approchent de la fenêtre de leur chambre.

« Regarde, papa prie ! fait le bambin. Je suis sûr qu'il prie pour que maman revienne du Grand Jardin qui est de l'autre côté du mont Rodney. Si maman avait été là, Suzy ne serait pas tombée malade ! »

Sam pousse un long soupir. Jeff ne comprendrait donc jamais que leur maman était morte, et qu'elle ne reviendrait pas...

Le lendemain matin, une joyeuse animation règne dans la maison des

Carson. Suzy n'a plus de fièvre! Les enfants l'entourent en poussant des cris de joie. Quant à leur père, il ne sait comment manifester sa reconnaissance à Candy. Il a eu raison de ne pas refuser, lorsque ses enfants lui ont demandé d'offrir l'hospitalité à la jeune fille! De la cuisine vient une odeur alléchante. Candy a même trouvé le temps de préparer un gâteau succulent... Soudain, le roulement d'une calèche se fait entendre. La voiture s'arrête devant la ferme.

« C'est le médecin, dit Candy d'une voix angoissée, en s'approchant de la fenêtre.

— Comment? Cet assassin a osé venir? » rugit Carson, et il se précipite au-dehors.

Terrorisés, les enfants le voient se jeter sur le médecin, prêt à le frapper.

« Père, arrêtez!

supplient-ils en se lançant sur ses pas pour l'en empêcher.

— Monsieur Carson, si Suzy va mieux, c'est grâce aux médicaments que la femme du médecin m'a donnés. Au lieu de chercher à l'assommer, vous devriez le remercier! crie Candy.

— Je n'ai pas fermé l'œil de la nuit, déclare le médecin. J'étais très inquiet. C'est pour cela que je suis venu. Comment va notre petite malade?

— Beaucoup mieux. La fièvre est tombée, assure la jeune fille.

— Toutes mes félicitations! Tu

ferais une excellente infirmière!» lance le médecin après avoir ausculté l'enfant.

Au fil des jours, Suzy reprend des forces et retrouve ses belles couleurs de petite paysanne. Bientôt ne restent que quelques traces de boutons, mais Candy s'ingénie à lui faire oublier ces petits désagréments. Dans la salle de la ferme flotte souvent une bonne odeur de pâtisserie...

« Tu es gentille, Candy. Tu es une vraie maman! lance Jeff en savourant sa part de gâteau. Tu sais tout faire, la cuisine, la lessive. Tu sais même couper du bois! Une vraie fée...

— Je te remercie.

— Une maman? Elle est bien trop jeune pour être notre mère! réplique Sam. J'ai une idée! Candy, voudrais-tu être ma femme?

— Ta femme? Mais on n'est même pas fiancés! Allons, trêve de plaisanteries! Puisque Suzy va mieux, tous dans le jardin! Je compte jusqu'à trois, et... le premier au sommet de l'arbre! Capucin, mon petit raton laveur, en avant!»

Du sommet de l'arbre, on découvre la mer, à perte de vue... Et, au-delà de la mer, il y a l'Amérique... Et la maison de Mlle Pony...

«Et, surtout, Terry...» murmure Candy, les yeux perdus vers le lointain.

«Candy, il faut que je te parle. Tu finiras la vaisselle plus tard!

— Oui, monsieur Carson.

— Je te remercie, du fond du cœur, pour ce que tu as fait. Et, en récompense, je te prie d'accepter cette...

— Non, je ne veux pas d'argent ; ce que j'ai fait, je l'ai fait parce que je vous aime bien, vos enfants et vous.

— Il va falloir nous quitter ! Puisque c'est sur le chemin du retour que tu t'es arrêtée ici, tu dois poursuivre ta route. C'est nécessaire, avant que les enfants ne s'attachent trop à toi !

— Monsieur Carson, vous avez raison.

— Alors, accepte cet argent. Tu en auras peut-être besoin.

— Je vous remercie, mais je me débrouillerai sans cela. »

C'est le cœur gros que la famille Carson se retrouve le lendemain matin pour dire au revoir à Candy. Sam promet de bien s'occuper de son petit frère et de sa sœur, mais il est très triste. M. Carson entre enfin dans la salle commune.

« Candy, voici une lettre à l'intention de M. Juskin, un vieil ami, qui dirige une compagnie d'affrètement à

Southampton. Va le voir de ma part, à ton arrivée, je suis sûr qu'il t'aidera. »

Sous son aspect bourru, ce M. Carson cache un cœur d'or, se dit Candy tandis qu'elle s'éloigne de la maison. Une fois encore, elle se retourne, puis les petits mouchoirs blancs qu'agitent les enfants disparaissent au tournant du chemin. Et, d'un pas ferme et assuré, elle se met en route vers Southampton.

Chapitre 2

Étrange rencontre

« Capucin, nous voici à Southampton ! Quel grand port ! Vois-tu, c'est ici que s'est embarqué Terry. Vite, trouvons la compagnie maritime de l'ami de M. Carson. »

Candy s'aperçoit bientôt que ce n'est pas chose facile. Les dockers qui s'activent sur les quais ne connaissent pas de M. Juskin, et elle en vient à se demander s'il existe réellement.

« Hé ! Au voleur ! s'écrie-t-elle soudain en voyant un jeune garçon empoigner sa valise.

— Au voleur ? En voilà une idée !

Petite demoiselle, je fais mon travail, et le plus honnêtement du monde ! Cooky, pour vous servir !

— Quel culot ! Et ça, qu'est-ce que c'est ? Ce n'est pas ma valise, peut-être ?

— C'est bien votre valise, aucun doute là-dessus. Mais quoi de plus normal, puisque je suis porteur ?

Enfin, à mi-temps, histoire de me faire un peu d'argent de poche.

— Je ne pouvais pas le savoir ! Mais, de toute façon, je n'ai pas besoin d'un porteur. Pour la bonne raison que je n'ai pas d'argent.

— Peu importe, mademoiselle. Quand j'ai pris un client en charge, je vais jusqu'au bout. Il me payera quand il aura le temps !

— Mais je ne sais même pas où aller ! Attendez, je vous en prie !

— Sans le sou, et sans domicile ? C'est grave, mademoiselle ! »

Comme le garçon consent enfin à s'arrêter, Candy lui explique qu'elle est à la recherche d'un certain M. Juskin.

« Juskin ? Ça me dit quelque chose. Je crois bien que c'est par là ! finit-il par dire, en désignant une rue aussi sombre qu'étroite, sur sa gauche. Oui, c'est ça, j'en suis sûr. Tiens, là-bas, un voyageur qui demande un porteur ! Au revoir, petite demoiselle.

— Merci ! Merci pour tout ! » fait Candy.

Suivie de Capucin, son fidèle raton laveur, elle s'engage dans la ruelle, le cœur débordant d'espoir. Bientôt elle lit, sur une plaque de cuivre ternie, un nom qui la fait tressaillir de joie : *JUSKIN and Co.* A en juger par l'état des lieux, l'affaire ne semble pas très prospère. La jeune fille s'apprête à frapper à la porte quand une voix rude s'élève à l'intérieur de la maison.

« Enfin, patron, c'est pas le tout de roupiller ! Si vous ne vous démenez pas un peu, les affaires ne vont pas tomber toutes rôties !

— Il a raison, patron. C'est pas drôle, pour un marin, de rester sur le quai. Ça fait des mois qu'on n'a pas eu un seul embarquement!

— Ça va... Ça va... admet une voix lasse. Vous n'êtes vraiment pas drôles! Servez-moi plutôt un bon verre de whisky. »

A ce moment-là, la porte s'ouvre brusquement. Candy reste d'abord comme clouée sur place, puis elle tente de prendre la fuite en courant, mais une poigne ferme la retient.

« Alors, maintenant, les gamines écoutent aux portes! jette l'homme en s'emparant de la lettre qu'elle tient dans ses mains. Tenez, Juskin, c'est pour vous. Du boulot, peut-être!

— Du courrier pour moi? fait ce dernier, toujours attablé devant son verre.

— Oui, monsieur. De la part de M. Carson, s'écrie Candy.

— M. Carson? Mais ce nom-là ne me dit rien du tout!

— J'ai dû me tromper. Merci quand même. Au revoir!

— Attends, petite! Ça y est! Je me souviens de cette vieille tête de bois de Carson! Il va bien, au moins? Et qu'est-ce qui nous vaut ta visite, ma mignonne?

— Je m'appelle Candy, monsieur, et je veux rentrer aux Etats-Unis. D'après M. Carson, vous pouvez m'aider. Il m'a dit que, comme vous dirigez une importante compagnie maritime, vous ne me ferez certainement pas payer!

— Euh! Eh bien, disons que, lorsque j'ai rencontré Carson, l'année dernière, dans une taverne du port, j'ai un peu... disons que j'ai exagéré, c'est tout!

— Mais vous avez tout de même au moins un bateau qui vous appartient?

— Un bateau... Si on peut appeler ça un bateau...»

Soudain, une sirène s'élève dans la brume. Les marins écoutent un instant, puis se mettent à pousser de grands cris de joie.

«Patron! C'est le *Seagull*! Ce bon vieux *Seagull*, on le croyait perdu pour toujours, mais il s'en est encore tiré cette fois!

— Allons à sa rencontre», hurle Juskin. Et, sans se soucier davantage de leur visiteuse, les trois hommes se précipitent sur un caboteur qui met bientôt le cap sur le *Seagull*.

Candy demeure quelques instants devant la baraque en serrant Capucin contre elle. Elle avait tant espéré de cette rencontre! En proie à une sourde angoisse, elle parvient enfin à faire quelques pas. Soudain, de derrière une rangée de caisses entreposées sur le quai, s'élève un air d'harmonica. La jeune fille tressaille. Cette mélodie, Terry la jouait... Lui seul peut la jouer aussi bien... Il est là! pense-t-elle tandis que son cœur bat à tout rompre.

«Ah! C'est vous? jette-t-elle d'une voix déçue.

— Tiens! "Mademoiselle sans le

sou ”! Content de vous retrouver!

— J’aimerais voir votre harmonica.

— Bien sûr, mais ne l’abîmez pas.

— Ce n’est pas son harmonica, ce n’est pas l’harmonica de Terry, fait Candy dans un souffle.

— Terry? Sans blagues, vous le connaissez?

— Vous le connaissez aussi?

— Très bien. C’est d’ailleurs lui qui m’a offert cet harmonica.

— Je vous en prie, parlez-moi de Terry! Comment avez-vous fait sa connaissance?» lance Candy, le visage rayonnant.

Cooky s’installe sur des billots de bois en attente d’être embarqués, et invite du geste sa compagne à l’imiter. Alors, il raconte comment, un soir, il a bousculé un passant par mégarde, à cause de l’épais brouillard qui s’étendait sur le port. C’était Terry. Ce dernier cherchait un hôtel pour y passer la nuit, et Cooky, qui connaissait Southampton comme sa poche, n’avait eu aucune peine à le

conduire à une auberge confortable. Pour le remercier, Terry l'avait même invité à dîner. Un festin de roi! Il n'était pas près de l'oublier, lui, le vagabond qui ne mangeait pas toujours à sa faim. Une certaine sympathie était vite née entre les deux garçons et Terry avait proposé à son nouvel ami de passer la nuit dans cet hôtel, chose qu'il avait acceptée de tout cœur. C'était, à coup sûr, plus confortable que le coin d'entrepôt où il avait coutume de trouver abri. Alors, de bavardage en bavardage, Terry avait parlé d'une amie à lui, une certaine Candy... Et il avait sorti un harmonica de sa poche et s'était mis à en jouer. Emerveillé, Cooky avait écouté, des heures et des heures. Le lendemain matin, avant de s'embarquer pour New York, Terry lui avait offert un superbe instrument. Puis il lui avait appris à en jouer. Quand le paquebot avait largué ses amarres, Cooky avait joué une dernière fois pour son ami Terry qui avait l'air si triste.

« En voilà un, je me suis dit, qui doit laisser derrière lui quelqu'un qu'il aime... et je suis sûr que c'est la petite Candy, dont il m'a tant parlé, conclut le garçon.

— Mais Terry n'est pas parti seul! Il a emporté ses souvenirs avec lui », dit sa compagne d'une voix émue.

*

* *

Soudain, les jeunes gens entendent un bruit de pas précipités. Ce sont les deux marins de M. Juskin qui arrivent en courant.

« Candy, le patron est inquiet, fait le premier. On vous a cherchée partout! Pourquoi êtes-vous partie sans dire un mot?

— Venez vite, crie l'autre. Il y a du nouveau.

— Cooky, il faut que je vous quitte. Au revoir! » lance Candy au garçon qui tient toujours son harmonica dans sa main.

« C'était bien elle, j'en étais sûr! » dit ce dernier en poussant un soupir.

Candy a suivi les deux hommes dans le bureau de M. Juskin et, devant un solide casse-croûte, elle apprend que les affaires ont repris. Un transbordement. Du travail pour cinq ou six jours. Il y avait des mois que ça n'était pas arrivé...

« Le commerce avec l'Amérique repart du bon pied, Candy. Le *Seagull* appareille à la fin de la semaine.

Désormais, tu seras notre mascotte! déclare Juskin.

— Votre mascotte?

— Oui. Parce que c'est le jour où on t'a rencontrée que les affaires ont repris.

— Vous avez bien parlé d'Amérique? demande la jeune fille. Alors, j'ai une idée. Vous allez me cacher dans une des caisses que vous devez transborder, et m'embarquer clandestinement à bord du *Seagull*.

— Tu n'y penses pas! Tu ne vas pas faire une aussi longue traversée dans la cale. D'ailleurs, les douaniers t'auraient vite découverte! réplique Juskin.

— Et nous, si jamais on apprend qu'on t'a aidée, on n'aura plus qu'à s'inscrire au chômage, lance un marin d'une voix aigre.

— Je vous jure que, quoi qu'il arrive, je ne dirai rien! promet Candy, l'air grave.

— C'est bon! Tu embarqueras la veille du départ, conclut Juskin. Mais n'oublie pas que tu devras rester enfermée le temps de la traversée, et que ce ne sera pas drôle du tout! En attendant, tu peux habiter chez moi. Et dis-toi bien que ce sera la dernière fois avant longtemps que tu dormiras dans un vrai lit!

— Merci, monsieur Juskin. Vous êtes très bon. » Et, sans plus attendre, Candy plaque deux baisers sonores sur les joues burinées du marin.

La veille du départ, Candy, cachée dans une caisse, est hissée à bord du *Seagull*. M. Juskin et ses matelots sont aussi inquiets qu'émus. Tantôt bringuebalée de tous côtés, tantôt la tête en bas,

Candy serre son petit Capucin dans ses bras. Elle ne peut s'empêcher de pousser un cri lorsqu'elle voit d'énormes clous percer la caisse pour y fixer des poignées qui en faciliteront la manutention. Finalement, tout rentre dans l'ordre. Candy a bel et bien réussi — au prix de combien de difficultés — à s'embarquer clandestinement à bord du cargo. Enfin, la sirène du *Seagull* déchire la nuit pour annoncer le départ...

Chapitre 3

Passagers clandestins

« Ouf! Un peu d'air! Je commençais à étouffer. Capucin, sors de cette maudite caisse! »

A peine Candy a-t-elle prononcé ces mots qu'une solide poigne s'abat sur sa bouche, la forçant à se taire.

« Lâchez-moi! Lâchez-moi! hurle-t-elle en essayant de se délivrer de l'inconnu qui se tient derrière elle.

— Ne crie pas comme ça! On va nous découvrir tous les deux, jette une voix qui, aussitôt, lui paraît familière.

— Cooky! C'est toi! dit Candy en se retournant d'un bond. Tu peux

te vanter de m'avoir fait peur! Mais alors, toi aussi tu t'es embarqué clandestinement?

— Disons que c'est un peu ça.

— Comme je suis contente d'avoir un compagnon! J'ai une peur bleue des rats...

— Fais taire ton raton laveur. En mer, les bruits s'entendent de loin, et les marins ne sont pas des gens commodes. »

Candy prend Capucin dans ses bras. Ainsi Cooky veut, lui aussi, aller en Amérique! Quelle étrange coïncidence! se dit-elle. Le garçon explique qu'il est orphelin, et qu'il rêve d'être marin au long cours, comme son père. Aussi, depuis la mort de sa mère, l'année précédente, a-t-il essayé, sans succès, de partir sur un bateau. Mais, chaque fois, malgré une dizaine de tentatives, il a été pris et chassé.

Les deux amis en sont à ce point de leurs confidences, mordant à pleines dents dans des pommes que Cooky a eu la sagesse d'apporter, quand ils entendent du bruit. Simple ronde de routine, explique-t-il... De leur cachette, ils voient un matelot ramasser une pomme malencontreusement laissée sur le plancher, puis la mettre dans sa poche.

«J'ai bien cru un instant que mon cœur s'arrêtait de battre, fait Candy.

— Du calme! Si tu es aussi émotive, tu n'arriveras jamais vivante en Amérique! réplique Cooky.

— Je te trouve bien courageux!

— Je ne sais pas si c'est du courage, mais je suis prêt à tout pour réaliser mon rêve. Quand on a un idéal, on ne recule devant rien. Bon, assez discuté! J'ai une faim de loup. Ne bouge pas d'ici, je vais essayer de trouver un peu de nourriture.

— Sois prudent!» recommande Candy.

Tandis que Cooky s'avance à pas feutrés vers la cambuse, les marins rejoignent le capitaine Nieven, commandant du *Seagull*, qui a convoqué l'équipage dans le carré. Il arpente la petite salle à grands pas, trahissant une impatience évidente. Enfin, la porte s'ouvre et le retardataire entre.

« Veuillez m'excuser, commandant, si je suis en retard, mais...

— Qu'as-tu dans ta poche ? Je te prie de me montrer ce que c'est... Une pomme ? Où l'as-tu prise ?

— Commandant, c'est très simple... Je l'ai achetée avant de partir...

— Tu mens ! Tu l'as prise dans le magasin à vivres, avoue ! Et, comme il est fermé à clef... Puisque seuls le coq et moi en possédons la clef... Conclusion : tu as volé la clef ! Allons, aux aveux !

— Commandant, je n'ai pas volé la clef. J'ai trouvé cette pomme dans la cale arrière.

— Dans la cale arrière ?

— Oui, commandant.

— A fouiller la cale de fond en comble!» hurle le capitaine.

Cooky, qui s'acharne à ouvrir la porte du magasin à vivres, ne prête pas attention aux pas qui se rapprochent.

«Oh! Encore toi!» crie un marin.

A ces mots, le garçon tente de fuir, mais il est bientôt rejoint par les matelots chargés de fouiller le navire. Candy, qui n'a pas bougé de cachette, comprend, aux bruits de voix et de course précipitée, que son ami a été découvert.

«Lâchez-moi! Lâchez-moi, bande de brutes, tas de sauvages! l'entend-elle bientôt hurler.

— Jetons-le à l'eau, ça lui servira de leçon, déclare une voix sarcastique.

— Je recommencerai tant que je

vivrai! Lâchez-moi! Je recommencerai, vous pouvez en être sûrs! crie Cooky.

— Stoppez les machines...» hurle le second. Le navire s'immobilise enfin. «Allez-y! A la mer!

— Un... deux... trois... scande l'équipage.

— Au secours, je me noie! Je me noie! Au secours!»

C'est la voix de Cooky. Candy est bouleversée. Ainsi, ces hommes n'ont donc pas de cœur! Elle s'apprête à quitter sa cachette pour voler au secours de son ami, quand une pensée traverse son esprit tourmenté. Si elle sort, elle sera prise, à coup sûr... Et son aventure n'aura pas de lendemain... Jamais elle ne pourra regagner l'Amérique.

« Au secours, je me noie! Au secours!

— Bon, cette fois, il aura compris. En avant, toutes! Qu'on remette les machines en route! Bon voyage, le navigateur solitaire! » plaisante le second.

A ces mots, Candy fait irruption sur le pont. On ne va pas abandonner Cooky en pleine mer! Son ami se débat, émerge des flots, puis disparaît dans l'écume.

« Vite, un cordage! crie-t-elle aux marins stupéfaits. Vous voyez bien que ce jeune homme est mal en point! Il risque un accident cardiaque...

— Un accident... balbutie un homme. Nous, on voulait plaisanter! Histoire de lui donner une leçon! La côte n'est pas très loin!

— C'est bien le moment de plaisanter! » fait Candy. Et, sans plus attendre, elle s'empare d'un filin qu'elle jette en lasso vers le jeune naufragé.

« Ho hisse! Ho hisse! Encore un petit effort! Attention! Ça y est! C'est gagné! » hurlent les marins quand Cooky, à demi mort de peur et de froid, est hissé sur le pont du cargo.

Candy ordonne que le garçon soit conduit aussitôt à l'infirmerie afin d'y trouver quelque réconfort. Chose étrange, l'équipage ne semble pas tellement étonné de la présence, pourtant insolite, d'une jeune fille à bord.

« J'ai idée que le capitaine a décidé d'emmener sa fille en voyage sans nous en parler », dit le second.

A ces mots, Candy ne peut réprimer un sourire. Ainsi, on la prend pour la fille du capitaine. Elle commence à comprendre pourquoi l'équipage est si aimable... Bien entendu, il vaut mieux qu'elle évite de rencontrer son « père » présumé !

Enfin, pour l'instant, tout ne se passe pas si mal, pense-t-elle, en se dirigeant vers l'infirmerie.

« Candy ? Mais où suis-je ? Tu es folle de sortir ainsi au grand jour ! Tu as oublié que tu es une passagère clandestine ?

— En effet, je l'ai oublié. Complètement. Enfin, presque ! Et toi, comment te sens-tu ?

— Ça va mieux. Vite, filons !

— Quelle idée ! Allons, recouche-toi, et ne bouge plus. Tu es censé être à moitié mort. C'est le seul moyen pour qu'ils te gardent ici et... Oh ! mon pauvre Cooky, je ne veux

pas que tu meures! sanglote Candy en voyant entrer le second.

— Il est vraiment mal en point, mademoiselle? demande ce dernier. Si on avait pu deviner que c'était un de vos amis, je vous donne ma parole qu'on n'aurait jamais osé le traiter de cette façon.

— Mais s'il meurt, vous n'en serez pas moins des assassins! coupe Candy.

— Des assassins...

— Allons, s'il vous plaît! Un peu de calme! Confiez-le-moi sans crainte. Je le soignerai. J'ai fait des études d'infirmière. Qu'on lui apporte un léger repas. Un peu de purée et des fruits.

— Mais elle sait tout faire cette petite, murmure un marin. On ne savait pas que la fille du capitaine était infirmière... »

*

* *

Quelques instants plus tard, le capitaine, averti par son second que sa fille et un de ses camarades sont à bord, demande qu'on lui amène la jeune fille. Cooky semble aller bien mieux et, selon lui, leur voyage vers l'Amérique se déroulera désormais sous les meilleurs auspices. Aussi Candy le quitte-t-elle sans trop de crainte.

« Capitaine Nieven, commandant du *Seagull,* se présente l'homme au regard dur qui l'attend dans le carré.

— Et moi, je m'appelle Candy, capitaine.

— Petite demoiselle, je vous conseille de manger à votre faim, de bien dormir...

— Merci, capitaine. Vous êtes bien aimable.

— ... et de prendre des forces. Enfin, de vous tenir prête à quitter ce navire dès demain matin à l'aube, ainsi que votre ami.

— Capitaine ! Vous n'allez tout de même pas nous faire jeter à l'eau, en plein milieu de l'Atlantique ?

— Certainement pas ! Demain matin un bateau appartenant à la même compagnie va croiser notre route. Vous serez transférés à son bord.

— Capitaine, écoutez-moi, je vous en supplie ! implore Candy. Je vous

demande pardon de m'être introduite à bord du *Seagull* sans votre permission. Mais, je vous le demande du fond du cœur, ne me renvoyez pas en Angleterre! Je veux retourner en Amérique, à n'importe quel prix!

— Ma chère Candy, il n'y a pas que les paquebots qui transportent

des passagers, et on n'est pas toujours obligé de payer le prix du voyage en argent. Tu aurais dû te renseigner, avant d'entreprendre de monter à bord clandestinement ! On peut payer son voyage en travaillant. Je n'aime pas que l'on recherche les solutions de facilité. Je vais vous faire préparer une cabine pour la nuit, à toi et à ton ami. »

Quand Candy et Cooky entrent dans la cabine qui leur est destinée, ce dernier se précipite devant l'unique cadre qui l'orne. Il semble fasciné par le portrait d'une femme très belle que renferme le cadre.

« C'est Eléonor Baku, l'actrice la plus populaire des Etats-Unis. La mère de Terry. Elle est jolie, hein ? fait Candy.

— Oui. C'est curieux, mais ses yeux me rappellent quelqu'un.

— Bien sûr. Ils te rappellent Terry ! Il a les mêmes yeux qu'elle.

— Je ne sais pas... C'est curieux... »

Chapitre 4

La tempête

Lorsque Candy s'éveille, son ami est très occupé à scruter l'horizon à travers le hublot de leur cabine. Ainsi, dans quelques heures, quelques minutes peut-être, leur beau rêve va s'achever. Un navire apparaîtra et les ramènera en Angleterre...

« Le bateau ! hurle Cooky.

— Quoi ? Je ne vois rien, réplique Candy en se pressant contre l'étroite ouverture.

— Moi, je le vois. Il faut avoir de bons yeux, quand on a choisi de devenir marin.

— Ça y est, je l'aperçois! crie Candy. Dans combien de temps va-t-il nous croiser?

— Il en a pour une bonne heure. Attends-moi ici, je reviens.

— Où vas-tu, Cooky?»

Le garçon ne prend pas le temps de répondre; il disparaît aussitôt au tournant du couloir qui dessert les cabines.

«Pas question! Quand j'ai pris une décision, je m'y tiens, tranche le capitaine d'une voix dure.

— Ecoutez-moi, je vous en prie, implore Cooky. Moi, ça n'a pas tellement d'importance, je me débrouillerai. Mais laissez Candy aller jusqu'en Amérique!

— Non! Inutile d'insister... Qu'on mette une chaloupe à l'eau! Boggard, vous accompagnerez ces deux lascars jusqu'au bateau. Beaver, vous irez aussi avec eux!

— Vous savez ce que vous êtes, capitaine? Eh bien, moi, je vais vous le dire! hurle Cooky, en proie à une colère folle. Vous êtes une vraie tête de mule, et votre navire, c'est un vieux sabot!

— Assez discuté! Beaver, prenez cet avorton sous votre bras!

— Quoi? Que voulez-vous dire, commandant?

— Je n'aime pas à me répéter!

— Bien, commandant.

— Donnez-lui une bonne fessée. Ça lui ôtera l'envie de recommencer!

— A vos ordres, commandant!»

Cooky ne peut s'empêcher de hurler. Mais, plus que la douleur, c'est l'humiliation et la rage qui le font crier.

«Suffit, jette enfin le capitaine. Et maintenant, embarquez-les dans la chaloupe! Et faites attention, la mer est assez forte!

— Au revoir, capitaine, dit Candy. Je vous ai donné bien du mal à tous, poursuit-elle en s'adressant aux marins, et je vous prie de me pardonner. Excusez-moi encore, capitaine.

— Tu as tort de faire des politesses à cette vieille tête de mule, confie Cooky à son amie. Je me vengerai! Mais je ne m'embarquerai plus sur votre sale rafiot!» hurle-t-il à

l'adresse du commandant.

L'embarcation est mise à l'eau. Candy serre son fidèle Capucin contre elle. Déjà, les vagues se font plus menaçantes. L'orage approche. Le ciel roule de gros nuages noirs. Cooky tourne son regard vers le *Seagull*... Non, il ne rêve pas! On hisse un pavillon, là-bas...

«Regardez, crie-t-il. Ce pavillon...

Il signifie “départ immédiat!” “Que chacun regagne le bord!”»

La houle se fait très forte. La chaloupe vire de bord et met le cap sur le *Seagull*. Comme le malheureux Beaver a mal au cœur, Cooky, fou de joie, prend sa place à la manœuvre. Et c'est avec un profond soupir de soulagement que chacun se retrouve enfin sur le pont du cargo.

«Capitaine, Cooky et moi, on vous remercie, fait Candy.

— Et je vous demande pardon de vous avoir traités de tous les noms, vous et votre bateau!

— Ne vous méprenez pas! Si je vous ai fait revenir à bord, c'est qu'une forte tempête se prépare! Le navire sur lequel je voulais vous faire transborder est de moyen tonnage. De plus, il transporte des matières explosives... En avant toute!

— En avant toute!» répète le second.

Beaver est toujours mal en point, et Candy tente de le réconforter. Il semble être très angoissé. Enfin, il demande à Candy si, lorsqu'elle se trouvait dans la cale, elle a entendu des rats courir. Comme elle répond qu'elle ne se souvient pas, Beaver paraît encore plus inquiet. Lorsque les rats désertent les cales d'un navire, explique-t-il, c'est qu'une sorte d'instinct les avertit d'un naufrage imminent. Cooky, consulté, assure que, lui aussi, il a souvent entendu raconter cette histoire dans les ports. Ainsi, le *Seagull* pourrait faire naufrage ! Quel malheur ! se dit Candy.

Des vagues énormes s'abattent sur le pont, dans un fracas de poulies et et de treuils. L'équipage s'active à arrimer les caisses dans la cale afin qu'elles ne mettent pas l'équilibre du navire en danger. Cooky, d'abord écarté par les marins, réussit à leur apporter son aide. Candy le rejoint.

« Cooky ! Attention ! Trop tard, ce n'est pas possible ! » crie-t-elle.

Une lourde caisse a roulé sur le garçon qui devient tout pâle. On le transporte aussitôt dans le carré. Sa jambe gauche semble brisée, et le capitaine craint qu'il ne se soit aussi fracturé des vertèbres, ce qui risque de le laisser paralysé.

« Vite, commandant, crie un marin. L'eau monte dans les cales! »

Restée seule au chevet de Cooky, Candy se met en devoir de le soigner de son mieux. Des gestes qu'elle a vu faire lui reviennent en mémoire. Il faut mettre des attelles autour de la jambe du blessé...

« Laisse-moi tranquille, hurle-t-il.

— Ne bouge pas comme ça, le capitaine a dit que tu as une jambe cassée.

— Laisse-moi, répète Cooky en éclatant en sanglots. Je ne serai jamais marin! »

Candy tente de le consoler de son mieux. Elle lui parle de l'une de ses amies qui a eu un accident. Une

jambe cassée en tombant d'un arbre. Un mois plus tard, elle courait comme un lapin!

« C'est parce que ses nerfs n'avaient pas été atteints, réplique le garçon.

— En tout cas, les tiens n'ont pas l'air de l'être...

— Je voudrais que ce maudit rafiot coule avec son capitaine! Et maintenant, va-t'en!»

La tempête se fait moins violente. Les hommes peuvent enfin souffler un peu... La cale est presque à sec. Pendant que les marins s'activaient à réparer les dommages causés par l'ouragan, Candy leur a préparé une surprise.

«Voulez-vous goûter à ma soupe? propose-t-elle au coq qui revient à ses fourneaux après avoir prêté main-forte à l'équipage.

— Bien volontiers! Ah! Quel fumet! Je n'oserai jamais servir ce délicieux potage au commandant! Il va me demander pourquoi je ne le lui ai pas préparé cette soupe auparavant! D'où tiens-tu cette bonne recette?

— C'est Mlle Pony qui me l'a apprise. Elle m'a élevée. Elle est un peu ma mère, en somme.

— A la seule saveur de ce potage, je devine que cette personne est une femme excep-tion-nelle!

— Comment ça?

— Pour inventer une pareille recette, il faut avoir de l'esprit et du cœur. Au menu, consommé Candy, lance le cuisinier à l'équipage qui passe à table. Vous m'en direz des nouvelles... »

Candy se dirige vers la cabine de son ami pour lui apporter un bol de soupe. D'un geste vif, elle pousse la porte. La chambre est vide. Bien en évidence, sur le lit, l'harmonica. Le cadeau de Terry.

« Cooky! Tu es fou! s'écrie Candy en se précipitant sur le pont.

— Va-t'en! Laisse-moi! Si je ne peux devenir marin, autant mourir tout de suite!

— Mais qui t'a dit que tu ne pourrais pas devenir marin, espèce d'idiot?

— Aucun capitaine

ne voudra jamais employer un infirme!

— Au secours! Au secours!» hurle Candy.

Les marins, alertés par Capucin, se précipitent sur le pont et happent Cooky qui a déjà enjambé la rambarde. Alors, l'air mécontent, le capitaine s'approche du blessé.

«Cooky, tu n'as pas ce qu'il faut pour être un bon marin, dit-il gravement.

— Je le sais très bien, puisque je n'ai plus qu'une seule jambe.

— Là n'est pas la vraie raison. Tu es un lâche. Un vrai marin doit savoir faire face aux difficultés, en toutes circonstances.

— Capitaine Nieven... Je n'oublierai jamais la leçon que vous venez de me donner. Je serai marin! Je vous le promets!

— Terre! Terre! hurle un matelot.

— L'Amérique! Mon pays! s'écrie Candy. Cooky, nous sommes arrivés!»

Chapitre 5

New York

Tandis que le cargo manœuvre pour approcher du port, les deux amis, accoudés au bastingage, regardent la ville qui s'étend à perte de vue. Les gratte-ciel se détachent bientôt sur le ciel bleu. Des grues énormes chargent des navires venus de tous les pays.

« Quelle impression ça te fait de voir enfin l'Amérique ? demande Candy à son compagnon.

— Celle de n'être plus un enfant. Et d'être enfin sûr de réaliser mon rêve le plus cher », répond-il d'une voix ferme.

Le capitaine Nieven les rejoint et, les prenant tous deux par les épaules en un geste amical :

« Les enfants, vous êtes arrivés à bon port ! Dès que nous serons à terre, je conduirai moi-même Cooky chez le docteur Spencer, il dirige l'une des meilleures cliniques de la ville.

— Je vous remercie, capitaine, répond le garçon d'un air soucieux.

— Merci pour tout, capitaine, fait Candy.

— Capitaine, jette enfin Cooky, qu'est-ce que je ferai si on me dit que je ne pourrai plus me servir de ma jambe ?

— Allons ! Ne sois pas pessimiste ! coupe Candy. Je t'accompagnerai moi aussi. »

Avec un geste d'encouragement, le capitaine Nieven quitte les deux amis pour se consacrer aux formalités d'usage à l'arrivée. En un vacarme assourdissant, de tous côtés s'affairent marins et hommes de peine. Un cri couvre soudain le tumulte.

« Papa ! Papa !

— Ma petite Sandra ! fait le capitaine.

— Papa ! Comme je suis contente ! Il y a si longtemps que je t'attends ! Te voilà enfin de retour ! Mais, qui est-ce ?

— Bonjour, Sandra. Je m'appelle Candy.

— Et moi, Cooky.

— Vous faites partie de l'équipage ?

— Oh non ! Pas du tout ! répond Candy.

— Tu vas rentrer toute seule à la maison, coupe le capitaine Nieven. Je dois conduire Cooky chez le docteur Spencer. »

Sandra jette un regard mauvais aux deux nouveaux venus. Ainsi, à peine est-il arrivé que son père lui fait faux bond ! Elle pousse un soupir mêlé de résignation et de rage, et tourne les talons. Candy la regarde s'éloigner avant de rejoindre le capitaine et Cooky qui prennent place dans une voiture.

La clinique du docteur Spencer n'est pas très éloignée du port et, quelques instants plus tard, le vieil homme se penche sur le patient. Il examine attentivement la blessure, fait jouer les articulations, palpe la jambe de Cooky qui, de temps en temps, ne peut réprimer un gémissement. Enfin, le médecin hoche la tête et déclare :

« Double fracture... Tibia et péroné.

— Docteur, est-ce qu'il remarchera ? demande Candy.

— Quelle est la personne qui lui a donné les premiers soins ? fait le médecin, sans répondre à la question.

— Eh bien... C'est moi, docteur... Pourquoi ? Je m'y suis mal prise ?

— Bien au contraire, mon enfant. Vous avez

fait exactement ce qu'il fallait.

— Docteur, il remarchera? demande à nouveau Candy.

— Aucun problème!

— Mais alors, docteur, je pourrai être marin? lance Cooky, le visage rayonnant.

— Ça, mon ami, ce n'est pas de ma compétence. Tout ce que je peux t'affirmer c'est que, dans deux mois au plus tard, tu courras comme un lapin!

— Hourra! Je vais pouvoir réaliser le rêve de ma vie! Grâce à toi, Candy!»

*

* *

Complètement rassurée sur le sort de Cooky, Candy quitte la clinique en compagnie du capitaine Nieven pour se rendre auprès de Sandra. A peine a-t-il tiré la sonnette de la porte que sa fille, la mine renfrognée, fait irruption dans le hall d'entrée.

« Papa, tu devrais avoir honte! Tu

reviens après six mois d'absence et, prenant à peine le temps de m'embrasser, tu me quittes pour t'occuper de deux inconnus! Tu exagères!

— Mais, tu es folle! s'écrie le capitaine.

— Sandra, écoutez-moi! dit Candy. Si votre père ne s'est pas occupé davantage de vous, c'est qu'il a été obligé d'accompagner Cooky à la clinique, de toute urgence.

— Ce gamin n'avait rien à faire à bord du cargo! Pas plus que vous, d'ailleurs! Et je vais de ce pas signaler au Service de l'Immigration

qu'il y avait deux passagers clandestins sur le *Seagull.* »

Candy déploie des trésors de patience pour ramener Sandra à la raison. Peu à peu, elle s'adoucit et consent à l'écouter. Certes, le capitaine Nieven ne lui a accordé que peu de temps, mais il ne faut pas lui en vouloir, lui dit Candy. Le métier de marin a de cruelles exigences...

Sandra entraîne Candy dans la cuisine pour préparer le repas, et c'est finalement dans la bonne humeur que se poursuit la soirée. Quand le capitaine Nieven déclare qu'il est temps d'aller se coucher,

Candy ne se fait pas trop prier. Elle ne tarde pas à sombrer dans un profond sommeil.

Le lendemain matin, elle demande à Sandra de bien vouloir lui faire les honneurs du quartier, celle-ci accepte volontiers.

« Hé ! Sandra ! C'est la fille qui s'est embarquée en douce sur le bateau de ton père ? fait un garçon à l'allure douteuse, en s'avançant vers Candy, tandis que le reste de la bande l'entoure.

— Oui, Charlie, c'est elle.

— Sandra ! Je n'ose pas croire que ces garçons sont des amis à toi, dit Candy.

— Hé oui ! On est des amis à elle ! réplique un petit brun, un mauvais sourire aux lèvres.

— Alors, comme ça, on voudrait me faire croire que cette fille au visage d'ange est capable de jouer au passager clandestin? jette Charlie en essayant d'attraper les boucles blondes de Candy.

— Ne me touche pas, crie-t-elle, en le repoussant d'un geste brusque.

— Mais ce n'est pas un ange! Je me suis trompé! C'est une vraie panthère!

— Possible! Mais ça, c'est un raton laveur! lance un autre, en désignant Capucin. Et je suis sûr que le fourreur du coin se fera un plaisir de le transformer en un élégant petit col... Pour toi, Sandra!

— Capucin, vite! hurle Candy. Sauvons-nous! Vous n'êtes que des voyous!

— Tu ne nous échapperas pas comme ça!»

La bande, qui connaît bien le quartier, n'a aucun mal à rattraper Candy.

«Alors, la petite demoiselle, toujours aussi dédaigneuse? La "bande de voyous" aimerait bien que tu lui donnes l'argent que tu as sur toi! Et vite!

— Mais je n'ai pas le moindre sou.

— Alors, Sandra aura son beau col de fourrure.

— Attention, les gars! Des marins du *Seagull*! crie un garnement. On se tire.

— J'espère que ces voyous ne vous ont pas trop ennuyées, fait le matelot qui s'approche de Candy et de Sandra. Mais quelle idée de venir se promener dans un endroit pareil!

— Tout va bien», répond Candy. Et, prenant Sandra par le bras, elle l'entraîne vers l'avenue.

Les deux filles approchent de la maison des Nieven quand l'un des garçons leur coupe la route. Le chef de la bande, mis au courant des événements, veut faire la connaissance de Candy, dit-il. Celle-ci tente bien de rebrousser chemin, mais elle est bientôt entourée d'une nuée de garçons qui la forcent à avancer.

«La voilà! Voilà la panthère au visage d'ange! crie l'un d'eux en poussant la porte d'un bar qui semble être le lieu de rendez-vous de la bande.

— Mais... Ce costume... murmure Candy. Laissez-moi regarder...

— Eh bien, qu'est-ce qu'il a? Qu'est-ce que tu lui trouves de si particulier? fait l'inconnu qui s'avance vers elle.

— Est-ce que-vous avez été à l'école en Angleterre?

— En Angleterre? Quelle idée!

— Mais vous portez le costume des élèves du collège Saint-Paul!

— Ça, c'est une autre histoire! Mais, c'est bizarre, Terry m'a dit la même chose.

— Terry? Vous connaissez Terry Grandchester? Vous l'avez rencontré?» jette Candy d'une voix angoissée.

Ainsi Terry est à New York! Et, tandis que le garçon évoque les circonstances de sa rencontre avec Terry, Candy se laisse aller à mille rêveries... et à de doux souvenirs. Les espoirs et les rêves de Terry, ses confidences lui reviennent à l'esprit... Terry veut être acteur... «Parce que, tour à tour, il permet d'être prince ou mendiant, poète ou paysan, le métier d'acteur est le plus beau métier du monde : je serai acteur...» disait Terry...

Soudain, un homme fait irruption dans le bar. C'est le père de Sandra. Il lance un regard circulaire dans la salle, puis se dirige vers sa fille, prêt à la frapper.

«Ne la battez pas, capitaine, supplie Candy. Essayez de comprendre! Sandra s'ennuie, elle est très seule...

— Ce n'est pas une excuse! rugit le capitaine. Je ne tolère pas que ma fille fréquente des voyous!

— On ne va tout de même pas se laisser impressionner par ce marin à la manque! lance un petit brun, l'œil sombre.

— Vraiment! Et vous, vous croyez me faire peur, avec vos airs de fiers-à-bras!

— Fiers-à-bras! ricanent les autres.

— Vous tremblez comme des feuilles, espèces de poules mouillées! jette le père de Sandra.

— C'est ce qu'on va voir!» fait l'un des voyous, en sortant un couteau à cran d'arrêt.

Et, sans plus attendre, il se rue sur le capitaine Nieven. Sandra pousse un hurlement et bouscule son père qui, surpris par le geste, roule à terre. Le couteau se plante dans le mur...

*

* *

Le matin de son départ, Candy fait une dernière visite à Cooky et, avant de l'embrasser, elle noue l'un de ses rubans autour du cou de son ami.

« Te voilà le plus élégant des mousses! dit-elle, joyeusement, en reculant pour mieux juger de l'effet.

— Je vais te faire cadeau de ma casquette, en souvenir des moments passés ensemble, répond Cooky.

— Et moi, je te donne ces gants que mon père m'a rapportés d'Europe », fait Sandra en sortant de son sac une paire de gants en fine dentelle blanche.

Candy, émue, tente de refuser ce bel élan de générosité mais sa nouvelle amie lui adresse un regard

chargé de tant de reconnaissance et d'espoir qu'elle renonce.

« Désormais, quand mon père sera en voyage, je ne serai plus seule, fait Sandra d'une voix douce. Je penserai à toi, Candy...

— Candy ! Enfin, nous voilà ! On a bien cru qu'on arriverait trop tard !

— On t'a apporté quelques sandwiches pour manger dans le train. Prends ces fruits, ainsi, le voyage sera moins long. »

Les marins du *Seagull* ont tenu à venir dire au revoir à Candy et la jeune fille est touchée par tant de gentillesse insoupçonnée chez ces vieux loups de mer. En les voyant déballer leurs provisions, elle ne peut s'empêcher d'éclater d'un grand rire sonore.

« Vous me prenez pour une ogresse ! lance-t-elle. Merci à tous, je ne vous oublierai jamais », fait-elle encore, en déposant un baiser sur les joues des marins.

Puis elle prend place dans le train qui va la conduire au village de Mlle Pony. Elle peut partir tranquille : Cooky est dans de bonnes mains. Tandis que le train s'éloigne, Candy, penchée à la fenêtre, fait un dernier adieu à ses amis. Le petit groupe n'est bientôt plus qu'un point noir devant la gare.

« Adieu, Cooky ! Adieu, capitaine ! Adieu, Sandra... Et vous, les matelots du *Seagull,* je penserai toujours à vous », soupire Candy.

Soudain, elle frissonne... D'épais flocons de neige emplissent le ciel. L'hiver approche.

Chapitre 6

Arrivée au village

« Capucin, nous sommes arrivés! s'écrie Candy en secouant son petit raton laveur qui dort, pelotonné contre elle. Vite, une calèche! Monsieur, monsieur! crie-t-elle. S'il vous plaît, attendez... »

Déjà, la voiture à toile bleue, tirée par un cheval blanc, s'éloigne sur la grand-route.

« Oh! Il n'a pas dû entendre mon appel! »

Alors, rassemblant tout son courage, Candy se met en route, à pied, vers la maison de Mlle Pony. La neige tombe maintenant en tempête, et il est difficile de ne pas s'enfoncer dans l'épais tapis qui recouvre le sentier. Elle prend le petit Capucin dans ses bras, et poursuit sa lente progression dans cette sorte de rideau quasiment impénétrable. Suit-elle le bon chemin ? Comment le savoir ? L'épaisseur de la neige qui tombe est telle qu'on ne voit rien. Clignant les yeux, se secouant vivement pour se débarrasser de la neige, Candy sent une sourde angoisse l'envahir. Mais elle réagit bientôt. Allons ! Après toutes les difficultés qu'elle a su vaincre jusque-là, elle ne va pas se laisser abattre par ce dernier contretemps !

« Mais c'est une petite fille ! lance une voix étonnée. Je t'avais prise pour un bonhomme de neige !

— Monsieur Mathieu ! C'est moi ! Quelle chance !

— Mais... Cette voix... balbutie le facteur. Mademoiselle Candy !

— Oui, c'est bien moi. Vous reconnaissez Capucin? Ainsi, je suis bien sur le bon chemin, puisque je vous ai rencontré en train de faire votre tournée.

— Viens à la maison prendre quelque chose de chaud, j'ai bientôt fini.

— Ce n'est pas la peine, je vous remercie. D'ailleurs, la tempête cesse, les flocons se font moins denses, je vais pouvoir reprendre ma route.

— Tu feras mes amitiés à Mlle Pony et à sœur Maria.

— A condition que j'arrive jusque là-bas et que je ne me perde pas en route! lance Candy avec un grand rire. Au revoir, monsieur Mathieu.

— Ta valise! Tu l'oublies, tête de linotte!»

Candy prend sa valise et s'éloigne. Capucin gambade autour d'elle : il fait des bonds en avant, la distance, puis revient sur ses pas en poussant de petits cris. Bientôt, la pension Pony se profile sur la colline. Un filet de fumée monte de la cheminée. Dans le parc, des cris d'enfants occupés à construire un bonhomme de neige. Soudain, Capucin se précipite au-devant d'un garçon qui fait de grands signes de bienvenue.

« Comme je suis content ! Candy, tu es revenue !

— Jimmy ! Tu as beaucoup grandi !

— Je guette ton retour depuis des jours... Je savais que tu reviendrais bientôt, j'ai rêvé que tu arrivais... »

Prenant son amie par le bras, Jimmy raconte qu'il travaille chez un fermier voisin, M. Carthright, à l'essai. Puis il donne des nouvelles de toute la maisonnée. Sœur Maria et Mlle Pony vont être bien étonnées ! Elles croient que Candy est encore en Angleterre ! D'ailleurs, le matin même, un jeune homme est venu à la pension et a donné de ses nouvelles ; selon lui, Candy devait rester encore

plusieurs semaines en Europe.

« Un monsieur est venu vous voir ?

— Oui, il était très élégant... Attends, je crois me souvenir de son nom... Oui, c'est ça ! Il s'appelait... Terrence.

— Terry ! C'est certainement lui ! » fait Candy dans un souffle. Et, sans plus attendre, elle se précipite dans le jardin qui entoure la maison, pousse la porte d'entrée et s'engouffre dans le hall.

« Terry ! Terry ! crie Candy.

— Mais... Mais, c'est Candy ! fait sœur Maria qui, surprise par cette intrusion inattendue, paraît sur le seuil de la cuisine.

— Sœur Maria! Où est Terry? Dites-moi où il est! implore Candy.

— Allons, Candy! Calme-toi! Je ne comprends rien à ce que tu dis.

— Terry! Où est-il? Il n'est plus ici? Répondez-moi, sœur Maria.

— Terry? Tu veux parler de... Terrence Grandchester, je suppose, fait sœur Maria. Eh bien! Il était encore ici il y a une demi-heure, mais il est déjà reparti. Une voiture à cheval l'attendait. Une calèche bleue, tirée par un cheval blanc. Tu as, d'ailleurs, dû le rencontrer sur la route du village, conclut la religieuse. Il a dit qu'il allait se promener du côté de la colline.

— La colline! Il n'a pas oublié», jette Candy.

Comme elle est heureuse! Soudain, une pensée traverse son esprit. Une carriole bleue tirée par un cheval blanc... Non. Ce n'est pas possible! Quelle malchance! cette voiture, elle l'a bien aperçue, mais le cocher n'a pas entendu ses appels. Et Terry ne l'a pas vue.

« Sœur Maria, je vous en supplie, que vous a-t-il dit ? fait Candy.

— Candy ! s'exclame Mlle Pony, alertée par tout ce tapage. Te voilà de retour !

— Que vous a dit Terry ? demande à nouveau Candy en se jetant dans les bras de sa bienfaitrice.

— Il nous a parlé de toi, répond-elle. Sœur Maria et moi, nous étions très heureuses de te savoir en bonne santé, avec d'excellents résultats scolaires au collège. Comme il passait pas très loin d'ici, il a eu l'idée de venir voir la maison et la colline dont tu lui avais parlé.

— C'est moi qui lui ai montré le chemin qui va à la colline, fait sœur Maria. Je l'ai suivi des yeux, et l'ai vu traverser le petit pont qui enjambe la rivière puis gravir la pente, lentement, comme s'il comptait chaque pas...

— Allons, Candy, maintenant, il faut te réconforter, tu dois être fatiguée par cette longue marche dans le froid. Tiens, viens boire une bonne tasse de chocolat... J'ai encore de ce chocolat que tu aimais tant!

— Et puis, il faut que tu nous parles de ton séjour en Angleterre, ajoute sœur Maria. Et que tu nous dises pourquoi tu es déjà de retour. J'espère que tu n'as pas agi sur un coup de tête! Est-ce que cela a un rapport avec Terrence Grandchester?

— Oh! Pas du tout! J'ai, un beau jour, pris la décision de vivre à ma guise, sans avoir à demander l'aide de personne.

— Je ne vois pas en quoi on peut avoir honte de demander de l'aide, si ce n'est par orgueil, dit la religieuse.

— Sœur Maria! Candy est très fatiguée. Allons, ma petite fille, finis ta tasse de chocolat, et va te mettre au lit, nous reparlerons de tout cela demain.

— Bonne nuit, sœur Maria! Bonne nuit, mademoiselle Pony, fait Candy, les yeux brillants de larmes.

— Candy, tu pleures? demande sœur Maria.

— Je ne pleure pas, mais quand je penche la tête, j'ai de l'eau dans les yeux. Quelques flocons qui sont encore dans mes cheveux, et qui fondent, dans la bonne chaleur de la pension Pony, murmure Candy.

— Bonne nuit, mon enfant», font les deux femmes d'une voix émue.

Restées seules, elles sont silencieuses, toutes deux à leurs pensées. Bien sûr, leur petite Candy n'a pas vraiment changé ; elle a gardé sa spontanéité et sa bonté... Mais elle a grandi. Presque une jeune fille... se dit sœur Maria en s'approchant de la fenêtre. Le jour où elle a trouvé Candy, abandonnée, la neige tombait à gros flocons, comme aujourd'hui. Mlle Pony revoit, elle aussi, la petite Candy avec ses élans de tendresse. Mais, en entrant dans la maison, ce n'est ni son nom, ni celui de la religieuse que Candy a crié... Celui d'un jeune homme... Terry! La demoiselle pousse un soupir... Le temps a passé, mais Candy, désormais, aura besoin d'une protection effacée et de conseils discrets. Et cela, Mlle Pony et sœur Maria sauront le lui donner.

« Allons, paresseuse, debout ! tu as vu l'heure ? crie Jimmy en secouant vivement Candy.

— Oh ! Laissez-moi dormir, je vous en supplie, un instant encore !

— Chef, l'Angleterre, ça ne vous vaut rien, fait le garçon d'un air moqueur.

— Quoi ? Répète ce que tu viens de dire, espèce de garnement. Je vais te montrer, moi, si je ne suis pas courageuse ! Attends-moi dans le jardin. »

Candy s'habille à la hâte, ne prend même pas le temps de se débarbouiller, vole, au passage, une tartine à la cuisine, sous l'œil étonné de sœur Maria, et se précipite au-dehors. Là, elle plonge sur Jimmy qui se trouve bientôt roulé dans la neige. Lorsqu'il se relève, il est tout blanc.

« Jimmy, hurlent des enfants qui s'ébattent dans un coin du parc. On peut y aller ? C'est le moment ?

— D'accord ! Suis-moi, Candy, fait le garçon en prenant son amie par le bras.

— Le compte à rebours est commencé ; cinq, quatre, trois, deux, un, zéro, top ! » dit un gamin d'un air sérieux. Et il retire une sorte de drap qui recouvre le sol. Candy ouvre de grands yeux étonnés en voyant son portrait reproduit sur la neige...

« Et maintenant, place à la chanson ! » lance Jimmy. Comme il est doux de retrouver de vrais amis après une si longue absence, se dit Candy en applaudissant de toutes ses forces.

Chapitre 7

Comme un petit oiseau

Candy partage les jeux de Jimmy et des enfants de l'orphelinat. Il est si amusant de faire des batailles de boules de neige! Des cris fusent de toutes parts et Capucin participe lui aussi à la joie de ses amis. Tout à coup, la porte de la maison s'ouvre; Mlle Pony et sœur Maria observent leurs petits pensionnaires d'un air attendri, puis appellent Candy. En quelques mots, elles la mettent au courant de la décision qu'elles ont prise à son sujet.

« Monitrice? Vous voulez dire que

je vais rester toute seule ici avec les enfants?

— Mlle Pony et moi-même, nous devons nous rendre à la ville pour assister à une kermesse organisée par nos bienfaiteurs. Nous tenons ainsi à remercier les personnes qui nous aident depuis des années.

— Vous pouvez me faire confiance. Comme je suis contente!

— Nous sommes certaines que tu veilleras sur la maisonnée de ton mieux. Nous partons tout de suite. Au revoir, ma petite Candy, et à demain, dit Mlle Pony.

— A demain. Faites un bon voyage. »

Candy rejoint les enfants dans le parc lorsqu'elle aperçoit, un peu à l'écart, une fillette qui ne semble pas partager leurs jeux. Jimmy lui apprend qu'elle s'appelle Daisy et que, depuis son arrivée à la pension Pony, elle a la même attitude. Certains la disent timide, d'autres, peu sociable, ou encore, en mauvaise santé. Comment savoir ? Ses camarades ont finalement pris l'habitude de ne plus s'occuper d'elle...

« Daisy, viens donc jouer avec nous, propose Candy. Il fait si beau ! Il faut profiter du soleil.

— Je peux ? Moi aussi ?

— Bien sûr. Nous allons grimper au sommet de cet arbre, d'accord ?

— Moi ? Jamais je n'oserai !

— Comment ? Mais tout le monde peut arriver à grimper sur un arbre, ce n'est qu'une question de volonté ! Lorsque j'étais plus jeune, j'avais une camarade timide comme toi. Elle s'appelait Annie. Elle n'osait rien faire et, petit à petit, je lui ai montré comment, à force de volonté, on arrive à dominer sa peur.

— Alors, je veux bien essayer moi aussi.

— Vrai? On y va! Grimpe sur mon dos et agrippe-toi aux branches les plus basses. Ensuite, c'est très facile.

— Il ne faut pas! Elle va tomber! lance un garçon en se précipitant vers Daisy. Sœur Maria m'a dit qu'elle est très fragile, et que...

— Mais non, elle ne tombera pas, si elle suit mes conseils! Tu sais bien que je suis la Reine des Acrobates! Vous, là-haut, tendez-lui la main!» ordonne Candy.

Daisy semble grimper sans la moindre difficulté mais, à son visage tendu, on devine qu'elle fait un gros effort sur elle-même. Enfin, la cime de l'arbre...

«Comme c'est beau! crie-t-elle. La maison de Mlle Pony... le lac... la colline... Oh! comme je suis heureuse! Je suis un petit oiseau!

— Tu vois, tu as gagné ton pari!

— Grâce à toi, Candy. Je me sens

aussi légère et aussi heureuse qu'un oiseau. Il n'y a que les oiseaux qui peuvent voir ces jolies choses du haut du ciel.

— Tu as raison. Mais n'oublie pas, il suffit d'oser!»

La fillette, le visage rayonnant, pousse des cris de joie en découvrant mille aspects inconnus du paysage. Elle se met à fredonner une chanson, et ses amis l'écoutent en silence. Soudain, une voix rude s'élève, près de la haie qui sépare le parc de la route.

« Mais, que faites-vous là-haut ? Voulez-vous descendre tout de suite ! Quelle idée d'avoir entraîné Daisy dans des jeux si dangereux ! Vous savez bien qu'elle n'est pas une enfant comme les autres !

— Monsieur Mathieu ! Vous avez terminé votre tournée ? Venez voir comme la vallée est belle, vue d'ici ! lance Candy. Mais... Daisy, qu'as-tu ? Tu es toute pâle !

— Fais-la descendre tout de suite, ordonne le facteur. Elle pourrait mourir. »

Candy, aidée des autres enfants, obéit aussitôt. Quand la fillette met pied à terre, on s'empresse de la transporter

dans la maison. Elle s'est évanouie.

« Elle souffre d'hémophilie, dit M. Mathieu. Elle aurait pu se blesser, et c'est souvent mortel, chez une personne atteinte de cette maladie : la blessure ne s'arrête pas de saigner.

— Je ne savais pas, avoue Candy.

— Ce qui m'étonne, c'est qu'elle ait accepté de courir volontairement un tel risque... Elle connaît bien la véritable nature de sa maladie et, d'ordinaire, elle est très prudente. »

Le médecin, appelé d'urgence, assure que l'incident ne présente aucun caractère de gravité. Le repos complet devrait suffire.

« Au fait, avec toutes ces émotions, j'ai oublié de te donner la lettre qui t'est adressée, Candy, dit le facteur. La voici...

— Une lettre pour moi ? Oh ! Merci, monsieur Mathieu. Elle vient d'Angleterre ! Comme je suis heureuse !

— C'est une amie à toi ? fait une voix très douce.

— Daisy ! Tu as repris connaissance !

— Allons, dépêche-toi de lire ton courrier ! » lance la fillette avec un sourire.

Candy déchire l'enveloppe. Annie, sa meilleure amie, ne l'a pas oubliée...

Chère Candy,

J'espère que tu es arrivée à la pension Pony, et c'est là que je t'adresse cette lettre. Aujourd'hui, Londres est plongé dans le brouillard, le collège Saint-Paul est bien triste à voir. Ce brouillard emplit aussi nos cœurs ; nous pensons toujours beaucoup à toi, tu nous manques. Ton bureau est toujours à la même place dans la classe, et personne ne l'occupe. Patricia et moi, nous espérons changer de collège à la rentrée parce qu'ici, sans toi, nous n'avons plus de goût à rien. Chère Candy, réponds-moi vite, et donne-moi de tes nouvelles. Tout le monde les attend.

Ta fidèle ANNIE.

« Chère Annie, murmure Candy.

— Tu as dit « chère Annie »... Tu as de la chance d'avoir une amie. Moi, je n'en aurai jamais, puisque je ne peux même pas jouer comme les autres.

— Pas besoin de jouer avec les autres pour avoir des amis.

— Tu veux dire que, Annie et toi, vous ne jouiez pas ensemble ?

— Ce n'est pas exactement cela...

— Tu vois bien ! Avoue que tu jouais avec elle ! Je te le disais bien, que je ne pourrai jamais avoir une amie.

— Daisy, je voudrais être ton amie », murmure Candy.

*

* *

Mlle Pony et sœur Maria, mises au courant de l'incident qui s'est déroulé durant leur absence, ont peine à admettre pareille imprudence de la part de Daisy. Celle-ci implore leur indulgence en faveur de Candy et consent enfin à aller se coucher. Pourtant, lorsque Candy regagne à son tour le dortoir, la fillette est encore éveillée.

« Pourquoi ne dors-tu pas ?

— Je pense au merveilleux paysage que l'on voit du sommet de l'arbre. J'aimerais y retourner, demain.

— Je ne crois pas que cela soit possible... C'est trop dangereux. Mais ce beau paysage, je t'apprendrai à le voir du bas de l'arbre. Promis. Bonsoir, Daisy. »

Le lendemain matin, une place est vide, à la table du petit déjeuner.

Daisy a disparu... Personne ne l'a vue. Soudain, Capucin, qui depuis quelques instants s'efforçait d'attirer l'attention en poussant de petits grognements, détale vers le parc, suivi des jeunes pensionnaires...

« Daisy! Qu'est-ce que tu fais là-haut? Comment es-tu montée?

— Toute seule! Et j'ai vu le soleil se lever. C'était merveilleux.

— Ne bouge pas. Je vais t'aider à redescendre», dit Candy en commençant à grimper dans l'arbre.

Soudain, Daisy pousse un cri. Elle vient de se blesser, et son genou saigne abondamment...

« Si l'hémorragie ne s'arrête pas, mademoiselle Pony, j'ai bien peur que ce ne soit sans espoir, dit le médecin, l'air soucieux.

— Sans espoir? répète Candy d'une voix angoissée.

— Il fallait la surveiller, je vous

l'avais pourtant bien recommandé.

— Docteur, c'est moi qui suis responsable.

— Mais non, Candy», assure Mlle Pony.

Dans le parc, les enfants, inquiets, bavardent par petits groupes. Ainsi Daisy risque de mourir... L'un d'eux, qui jusqu'ici n'a encore rien dit, s'écrie tout à coup :

«J'ai une idée! On va lui donner un peu de notre sang, ça pourra la sauver!

— Je donne le mien tout de suite! lance une fillette aux boucles brunes.

— Moi aussi! fait un grand garçon. Vite, allons en parler à Mlle Pony.»

Malheureusement, celle-ci ne partage pas l'optimisme de ses pensionnaires. En effet, explique-t-elle, le sang humain est divisé en plusieurs groupes, et il faut prendre des précautions avant de faire des transfusions. Il faudrait faire des examens et, de toute façon, ils sont beaucoup trop jeunes pour donner leur sang.

Sœur Maria invite tout le monde à la prière pour que Daisy se rétablisse...

Au petit matin, le médecin sort de la chambre de la malade et déclare qu'elle va mieux. La bonne nouvelle se répand vite dans toute la pension Pony : de tous côtés fusent rires et cris de joie. Daisy est sauvée... Daisy est sauvée...

« Tu as vu, Candy, j'ai réussi à grimper dans l'arbre sans l'aide de personne! lance-t-elle à son amie assise à son chevet.

— ... et tu as vu le soleil se lever. Mais ça a failli te coûter cher.

— Je vais te demander une chose.

— Oui?

— Tu devrais répondre à l'amie qui t'a écrit d'Angleterre. Elle attend sûrement ta réponse avec impatience.

— Je cours chercher du papier à lettre...

— Candy! appelle Mlle Pony, en la voyant dévaler l'escalier à toute vitesse... Je veux te faire un aveu : tu m'as, sans le savoir, donné une leçon. Tu m'as fait comprendre que s'il faut veiller sur les êtres fragiles, il faut savoir aussi leur donner confiance en eux-mêmes, pour qu'ils ne se sentent pas isolés et deviennent indépendants... »

Chapitre 8

Jimmy cow-boy

« Mademoiselle Pony ! Je viens de voir Jimmy qui partait. Où va-t-il de si bonne heure ? Il a pris son traîneau.

— Chez M. Carthright, comme chaque matin. Il ne t'a pas dit qu'il travaille à la ferme, Candy ?

— Ah oui ! Je m'en souviens !

— D'ailleurs, s'il travaille, ce n'est pas seulement pour lui mais aussi pour ses petits camarades.

— Comment, pour ses petits camarades ?

— Il s'occupe du bétail et, en échange, M. Carthright lui donne du lait frais tous les jours. C'est Jimmy lui-même qui a eu cette idée, et il l'a proposée au fermier.

— Mais alors, le lait que nous buvons chaque matin, c'est... euh... c'est à Jimmy que nous le devons... Je ne le savais pas. Est-ce que je peux l'accompagner ? Je pense arriver à le rattraper.

— Bien sûr ! M. Carthright sera ravi de te revoir ! »

Candy enjambe la haie et se met à courir de toutes ses forces pour rejoindre son ami. Mais il gèle dur, ce matin, et ce n'est pas chose facile. Elle prend un raccourci et appelle le garçon qui ne cache pas son étonnement de la rencontrer si tôt. A sa grande surprise, Candy aperçoit Capucin, blotti contre la pèlerine de Jimmy.

« Tu es vraiment très courageux... Pendant que tout le monde dort, tu travailles...

— Oh ! Ce n'est pas difficile. J'aime bien la campagne. Elle est si belle, au lever du soleil. Allez ! Hop !

— Monte sur mon traîneau!

— Ne va pas aussi vite!

— Mais je ne vais pas vite! Quelle peureuse!

— Arrête! J'ai envie de marcher un peu dans la neige.

— A vos ordres, mademoiselle! Mais... Vous vous enfoncez! Il faut dire qu'à force de manger du pudding, on prend forcément du poids! s'écrie le garçon avec un grand éclat de rire.

— Je vais t'apprendre à être poli!

— Veux-tu que je t'aide?

— Ce n'est pas la peine. Je m'en tirerai bien toute seule. Je n'ai besoin de personne... Aïe! Au secours! Je m'enfonce! Vite, Jimmy!»

M. Carthright est très étonné de voir son apprenti cow-boy arriver avec Candy. Il la croyait encore à Londres. Très étonné, et très ému à la fois. Tandis que le garçon vaque à ses occupations, le fermier invite sa visiteuse dans la salle où flambe un bon feu de bois.

« Il faut que je te parle, Candy. Je sais bien combien Jimmy t'est cher, aussi je veux te faire part d'un projet qui me tient au cœur.

— Au sujet de Jimmy ?

— Oui. Eh bien, disons que... je voudrais l'adopter. Je prends de l'âge... je n'ai pas d'héritier, comme tu le sais, et j'aimerais que le ranch aille à quelqu'un qui aime la terre, et les animaux.

— Ce serait merveilleux pour Jimmy ! Il adore les chevaux, et il vous est très attaché.

— Candy, je voudrais te demander un très grand service... Pourrais-tu lui parler de tout cela ?

— Avec plaisir, monsieur Carthright.

— Je te remercie. »

*

* *

Sur le chemin du retour, Candy engage la conversation sur le fermier, le travail au ranch, avant d'aborder la question. Assurée des

bons sentiments de Jimmy à l'égard de M. Carthright, elle lui demande s'il serait heureux que ce dernier lui propose de l'adopter.

« Etre son fils adoptif ? Ça ne m'aurait pas déplu.

— Pas déplu ? Que veux-tu dire ?

— Eh bien, maintenant, ce n'est plus possible.

— Comment ça, plus possible ?

— Puisque tu es revenue, j'ai décidé de rester toujours auprès de toi.

— Jimmy ! »

Candy juge bon d'informer Mlle Pony et sœur Maria du projet de leur voisin. L'idée leur semble à toutes les deux excellente : M. Carthright saura être un véritable père pour leur protégé, et celui-ci ne le décevra pas.

« Jimmy, appelle la directrice de la pension. Viens ici, j'ai à te parler.

— Mademoiselle, je ne veux pas vous quitter. Je veux rester ici avec vous et mes camarades. Je m'occuperai d'eux avec Candy. Elle m'avait promis, à son départ, que si elle revenait, elle ne repartirait plus...

— Jimmy, sois raisonnable, tente sœur Maria.

— Non ! Non ! Je n'irai pas ! Vous seriez bien contentes de me voir partir, c'est ça ! fait-il dans un sanglot.

— Comment oses-tu dire une chose pareille ! » s'exclame Candy.

Les jours passent, et le garçon s'obstine à refuser ; il se mure dans un mutisme quasi total et fuit ses camarades. Candy, qu'une telle attitude désespère, cherche un moyen de sortir de cette situation.

« Jimmy, tiens, c'est pour toi !

— Pour moi? Candy, c'est vrai?

— Oui, et c'est moi qui l'ai faite, dit son amie en lui tendant une magnifique ceinture, j'y ai passé la nuit. Mets-la, je veux voir si elle est à ta taille!

— J'ai l'air d'un vrai cow-boy!» lance Jimmy en passant la ceinture. Et, le visage sombre, il poursuit d'une voix dure :

«Si tu crois que tu vas m'acheter avec ça, tu te trompes!

— Jimmy!

— Je n'accepterai jamais de me laisser adopter. Jamais, tu entends? Tiens, tu peux reprendre ta ceinture.

— Mais voyons, Jimmy, quelle idée! Je n'ai jamais essayé de t'acheter.

— C'est vrai? Bon, je veux bien te croire et je te remercie. Ce cadeau, je le garderai toujours.

— Si tu veux me remercier, accompagne-moi à la ferme de M. Carthright.

— D'accord.»

Le fermier est souffrant, mais il refuse de consulter un médecin, précise un de ses cow-boys. Pourtant, il tousse beaucoup, ajoute un autre. Candy pousse la porte de la chambre du malade qui, l'air inquiet, lui demande aussitôt si elle a parlé à Jimmy.

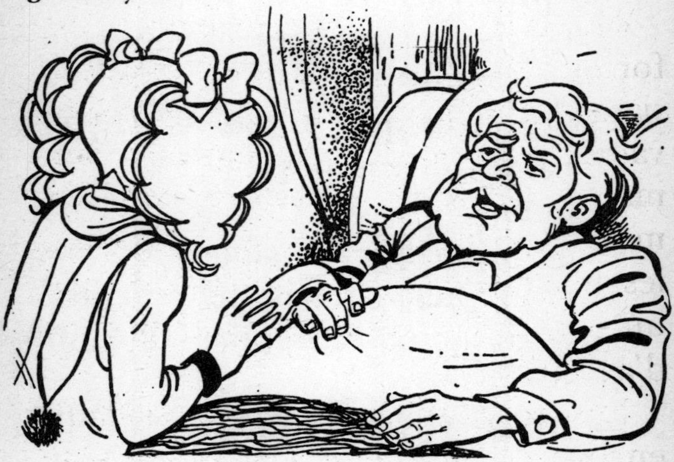

« On s'occupera de tout cela plus tard. Il faut vous soigner, vous avez de la fièvre. Je vais demander au docteur Lénart de passer vous voir.

— Les médecins sont tous des ânes...

— A tout à l'heure ! » lance Candy. Et, tandis qu'elle s'achemine vers le village, une idée traverse son esprit. Merveilleuse. Imprévue. Elle a trouvé! Le moyen de convaincre Jimmy, c'est de rendre visite, avec lui, à Tom, un petit pensionnaire qui a été adopté par un fermier, M. Stevens. Le garçon accepte avec joie de l'accompagner...

« La vie à la ferme, mais c'est formidable! dit Tom avec enthousiasme. La capture des chevaux sauvages, les soins à donner aux animaux... Et il n'y a pas que cela! Le monde se modernise; les tracteurs, les machines, c'est fascinant! Si j'ai un conseil à te donner, Jimmy, c'est d'accepter. »

Les trois amis bavardent un instant encore; ils ont tant de choses à se dire! Mais l'ouvrage presse, et Tom est obligé de les quitter. Après avoir promis de revenir bientôt, Candy et Jimmy prennent le chemin du retour. Et, lorsqu'elle propose d'aller voir comment va

M. Carthright, le garçon ne refuse pas.

« Docteur ? Sœur Maria ? fait Candy en les voyant au chevet du malade. C'est grave ?

— Rassure-toi. Une forte grippe. Mais, à son âge, il faut être prudent. Veillez bien sur lui, recommande le médecin en prenant congé.

— Candy, fait Jimmy d'un air sérieux. J'ai à te parler.

— Oui.

— Ne te fais pas de souci. J'ai décidé qu'à partir de maintenant, c'est moi qui prendrai soin de M. Carthright. Toute ma vie.

— Mon petit Jimmy ! » dit Candy d'une voix émue.

Chapitre 9

Une vocation

M. Carthright recouvre vite ses forces. La joie d'avoir Jimmy auprès de lui y est sans doute pour beaucoup... Le docteur Lénart, ce matin, ne vient pas à la pension Pony uniquement pour donner des nouvelles du patient. Il a un service à demander à Candy.

« Veux-tu m'aider ?

— Vous aider ? Je le ferais avec plaisir. De quoi s'agit-il ?

— C'est simple. Ma femme, qui me sert d'assistante, est obligée de partir chez ses parents pour soigner sa mère, très âgée et gravement malade. J'aimerais que tu la remplaces. Bien entendu, tu seras payée.

— Payée? Alors, je vais pouvoir aider Mlle Pony et sœur Maria, si je rapporte de l'argent. Jimmy se donnait beaucoup de mal, et il n'est plus là. Comme je suis contente de pouvoir le faire à sa place!»

Sœur Maria est très émue devant le dévouement de Candy. Et Mlle Pony accepte de bon cœur de la laisser partir, si cette expérience la tente.

La première visite est pour un fermier des environs. Mais, alors que le médecin s'apprête à l'examiner, pas de trousse... Candy l'a oubliée sur le siège de la voiture. Quelle étourdie! A l'avenir, je serai plus attentive, se promet-elle en allant chercher les instruments du médecin.

Il est bientôt l'heure des consultations au cabinet médical. Une foule de patients se presse dans la salle d'attente.

« Candy, mets cette blouse, vite ! Et prépare-moi un café, s'il te plaît.

— Oui, docteur. »

Le premier patient entre dans le cabinet de consultation et, quelques instants plus tard, Candy pousse la porte, un plateau entre les mains.

« Voici votre café, docteur. Il est bien chaud.

— Tu crois vraiment que c'est le moment de boire du café ? Viens plutôt m'aider ! Si vous continuez à gigoter comme ça, je n'arriverai jamais à faire cette piqûre, dit-il à l'intention de l'homme qui se tient devant lui.

— Aïe ! Vous me faites mal !

— C'est fini. Ce n'était pas si terrible ! Candy, fais entrer le suivant, veux-tu ?

— Oui... S'il vous plaît, à la personne suivante... »

Combien de fois Candy a-t-elle prononcé ces mots ? Dix, vingt fois, peut-être... Enfin, le dernier malade... Pas tout à fait, puisqu'il y a encore les visites à domicile en ville, et bien qu'un peu lasse elle accompagne le docteur Lénart.

« Docteur, vos journées ne finissent donc jamais ?

— C'est que l'on manque de médecins, et les infirmières sont encore plus demandées.

— Les infirmières ?

— Oui. Les médecins n'ont pas le temps de faire les piqûres, les pansements et donner des soins aux malades. Aussi beaucoup d'infirmières fondent-elles un cabinet spécialisé à cet effet.

— Docteur, j'aimerais être infir-

mière. Croyez-vous que je pourrai y arriver ?

— J'en suis persuadé. Tu t'en es fort bien tirée, aujourd'hui. J'espère que tu ne m'en veux pas d'avoir été un peu exigeant, il y avait tant de monde !

— Mais pas du tout, docteur. Vous l'avez fait pour mon bien.

— Bon, et maintenant, je la boirais volontiers, cette tasse de café.

— Mais il est tout froid. Voulez-vous que je vous en prépare une autre ?

— Non, ce n'est pas la peine, je te remercie. »

Le lendemain, Candy rejoint le médecin à l'heure prévue et leur journée de travail commence. Vers midi, ils se rendent au chevet d'un homme que l'excès de gourmandise et le manque d'exercice ont rendu malade.

« Monsieur Steimer, dit le médecin, je vous avais pourtant prévenu... Vous voyez le résultat, aujourd'hui.

— Vous avez raison, docteur, et

cette fois, je suis décidé à suivre vos conseils à la lettre.

— C'est la sagesse même.

— Docteur, vous n'avez sans doute pas déjeuné! Voulez-vous prendre quelque chose? Votre petite assistante doit mourir de faim.

— Très volontiers! Qu'en penses-tu, Candy?

— Merci, monsieur Steimer, j'ai une faim de loup!»

A la grande surprise de Candy,

profitant de l'absence du maître d'hôtel de M. Steimer, le médecin s'empare de quelques petits pains posés sur la table de la salle à manger. Il demande à son aide de les ranger dans la trousse à instruments.

« Mais qu'allons-nous faire de tout ce pain ?

— Candy, si certains hommes peuvent être malades à cause, d'un excès de nourriture, il en est qui seraient contents d'améliorer leur ordinaire avec un petit pain. »

Avant de commencer ses consultations à son cabinet, le médecin propose à son assistante d'aller prendre des nouvelles de l'une de ses malades.

A leur arrivée devant une pauvre maisonnette, une nuée d'enfants se précipitent à leur rencontre.

« Qu'est-ce que c'est ? Vous nous avez apporté à manger ? demande une fillette en voyant le médecin ouvrir sa trousse.

— Oui, des bons petits pains tout frais ! Approchez, les enfants !

— Merci, docteur !

— Comment va grand-mère ?

— Un peu mieux », répond un garçon tandis que Candy et le médecin entrent dans la chambre de la malade.

« Grand-mère, je vais vous faire une piqûre, dit le docteur Lénart.

— Un instant, docteur. C'est que je ne pourrai pas vous payer, fait la vieille dame.

— Ne vous tracassez pas pour si peu, madame. Ceux qui ont les moyens payeront un peu plus, et

ça compensera. Maintenant, reposez-vous.

— Merci, docteur, vous êtes très bon. »

A leur arrivée au domicile du médecin, Candy remarque un petit carton épinglé sur la porte. « Venez vite, ma femme va avoir son bébé. Woody. »

« J'y vais tout de suite! mais toi, Candy, tu resteras ici... Le temps se gâte, et la montagne est dangereuse.

— Laissez-moi vous accompagner!

— Pas question, il y a trop de danger.

— S'il y en a pour moi, il y en a pour vous aussi.

— Peut-être! Mais je suis médecin, et je dois faire mon devoir.

— Docteur, je veux devenir infirmière. Une vraie infirmière doit, elle aussi, savoir affronter le danger.

— Ma petite Candy, je suis maintenant persuadé que tu as non seulement la vocation mais les qualités qui te permettront de réaliser ton rêve... »

Maintenant, la neige tombe à gros flocons. Candy se sent très lasse et, comble de malchance, la voiture refuse d'avancer. Il faut continuer à pied... Le médecin s'efforce de l'encourager, lui parle de ces femmes au dévouement sans limite, comme Florence Nightingale qui s'est consacrée aux blessés pendant la dernière guerre. Enfin, la chaumière de Woody se profile à l'horizon.

« Ça y est! C'est un garçon! La maman est radieuse, crie Candy quelques instants plus tard.

— Un garçon? J'ai un fils? interroge Woody, l'air incrédule.

— Le petit bonhomme vient de pousser son premier cri, dit le médecin.

— Comme il est beau!» s'exclame Candy.

Sur le chemin du retour, elle est très émue. Jamais elle n'oubliera cette journée. Et, à peine arrivée à la pension, elle se précipite vers Mlle

Pony et sœur Maria pour leur annoncer la nouvelle. Elle veut être infirmière.

« Je vais écrire dès demain à mon amie Marie-Jeanne, dit Mlle Pony. Elle dirige une école d'infirmières, et je suis sûre qu'elle te réservera le meilleur accueil à la prochaine rentrée... »

Chapitre 10

En route vers son destin

Candy guette l'arrivée du facteur avec anxiété. En effet, la réponse tant attendue tarde trop à son gré. Comment savoir si l'amie de Mlle Pony va l'accepter dans son école ?

« Un peu de patience. Mais, où sont les enfants ? Sœur Maria, avez-vous vu les enfants ?

— Non ! C'est curieux, ils devraient jouer dans la cour, mais il n'y a personne.

— Sans doute font-ils une partie de cache-cache dans le parc ; je vais voir », dit Candy.

Un spectacle insolite l'attend... Au pied du chêne centenaire, tous les enfants, les yeux levés vers la cime de l'arbre, encouragent le petit John qui grimpe de branche en branche.

« C'est gagné ! hurlent-ils.

— Mais, qu'est-ce que vous faites ?

— John passe un test, répond Jimmy.

— Un test ?

— Oui ! Puisque je réside désormais chez M. Carthright, il me faut trouver un successeur. Je veux savoir si John est capable de prendre ma place à la tête des pensionnaires de Mlle Pony. »

Candy félicite John : il est très fier de ses nouvelles attributions ! Et lorsque Jimmy quitte ses amis, toute la maisonnée se sent heureuse ; le garçon a, enfin, une vraie famille...

Une autre heureuse surprise, pour Candy. Le facteur apporte la lettre tant attendue... et la réponse souhaitée.

« Sœur Maria, je peux entrer ? demande-t-elle quelques instants plus tard en frappant à la porte de la cuisine.

— Bien sûr, mon enfant, répond Mlle Pony qui bavarde avec la religieuse.

— Eh bien voilà, j'ai beaucoup réfléchi, et j'ai décidé de partir dès demain matin. Pour éviter de faire trop de chagrin aux enfants.

— Je suis heureuse de te voir prendre tes responsabilités. Il faut aller préparer tes affaires.

— Je vous remercie, mademoiselle Pony. »

Candy monte dans sa chambre. Elle serre le petit Capucin dans ses bras.

« Je vais te quitter... Il le faut, car j'ai choisi la voie que je vais suivre... Tu ne m'en voudras pas ? Parce que, vois-tu, cette fois,
je ne peux pas

t'emmener avec moi,
mon pauvre ami.
Je vais dans une école d'infirmières, pour apprendre à soigner les gens. Jamais on ne t'acceptera, là-bas. Tu es toujours si sale, mon petit Capucin ! Je partirai demain matin de bonne heure. Promets-moi de ne pas essayer de me suivre. Promis ? »

*

* *

Les enfants font leur toilette quand l'un d'eux pousse un cri.

« Capucin a volé la savonnette ! Au voleur ! Attrapez-le !

— Je le vois, il se sauve avec le savon, fait un autre.

— Restez là, je m'en occupe», lance Candy.

Elle sait bien pourquoi Capucin a volé le savon... Il veut se faire beau et propre pour accompagner sa maîtresse en ville...

«N'aie pas peur, mon petit Capucin, viens, je ne vais pas te faire de mal!» dit-elle d'une voix douce. Le raton laveur grimpe dans un arbre et disparaît bientôt....

Le matin, lorsque Candy prend congé de Mlle Pony, Capucin n'est toujours pas revenu. Tout est calme, dans la grande maison. Soudain, des pas furtifs... Des petits rires fusent de toutes parts.

«Mais, qu'est-ce que vous faites là? demande Mlle Pony.

— Vous devriez dormir! jette Candy.

— On a fait semblant de dormir, et on s'est tous levés de bonne heure parce que, hier soir, on a bien senti qu'il y avait du mystère dans l'air...

— On voulait seulement te souhaiter bon voyage!

— On aimerait bien l'accompagner jusqu'à la gare, mademoiselle?

— Bien sûr, nous allons tous accompagner Candy!»

La porte s'ouvre soudain. Jimmy, tout essoufflé, entre en tenant Capucin dans ses bras. Ainsi le malin petit animal est allé jusqu'à la ferme de M. Carthright...

« Mais, où vas-tu, Candy? demande Jimmy.

— Je pars pour faire des études

d'infirmière. Je sais que cela te rend triste, mais il faut être courageux.

— Ne t'inquiète pas. J'ai un père. Et je l'aime.

— Jimmy, j'ai un problème.

— C'est au sujet de Capucin ?

— Oui.

— Je veillerai sur lui. »

D'un bond, Capucin saute dans les bras de Jimmy. Candy peut partir tranquille.

Tous les petits pensionnaires entourent Candy sur le quai de la gare. Recommandations, embrassades, quelques larmes aussi... Mais, aujourd'hui, ce sont des larmes de joie. Candy va pouvoir suivre sa vocation...

Table

IMPRIMÉ EN FRANCE PAR BRODARD ET TAUPIN
Usine de La Flèche, 72200.
Loi n° 49-956 du 16 juillet 1949 sur les publications destinées à la jeunesse.
Dépôt : avril 1989.